珠玉词

［宋］晏殊 著

四川文艺出版社

目录

contents

谒金门

原为唐教坊曲，后为词牌名。以韦庄《谒金门》（空相忆）为正
体，双调小令，四十五字，上下阕各四句，四仄韵。

谒金门

秋露坠，滴尽楚兰[1]红泪[2]。往事旧欢何限[3]意，思量如梦寐。

人貌老于前岁。风月宛然无异。座有嘉宾尊有桂，莫辞终夕醉。

1　楚兰：楚地盛产兰花，故称楚兰。借喻所爱女子。
2　红泪：美人的眼泪。此处形容露珠。
3　何限：多么，无限。

破阵子

水于大富春山

居阁尝此粉

粗微耳森

睛窑印上

原为唐教坊曲，后为词牌名。以晏殊《破阵子》（海上蟠桃易熟）

为正体，双调，六十二字。上下阕各五句，三平韵。

破阵子

　　海上蟠桃易熟，人间好月长圆。惟有擘[1]钗分钿侣，离别常多会面难。此情须问天。

　　蜡烛到明垂泪，熏炉尽日生烟。一点凄凉愁绝意，谩[2]道秦筝有剩弦。何曾为细传。

1　擘：劈开，剖开。
2　谩：徒然。

破阵子

　　燕子欲归时节，高楼昨夜西风。求得人间成小会，试把[1]金尊傍[2]菊丛。歌长粉面红。

　　斜日更[3]穿帘幕，微凉渐入梧桐。多少襟情[4]言不尽，写向蛮笺曲调中。此情千万重。

1　把：握。
2　傍：靠近。
3　更：正。
4　襟情：情怀。

破阵子

忆得去年今日，黄花已满东篱。曾与玉人临小槛[1]，共折香英泛酒卮[2]。长条插鬓垂。

人貌不应迁换，珍丛[3]又睹芳菲。重把一尊寻旧径，所惜光阴去似飞。风飘露冷时。

1　槛：栅栏。
2　泛酒卮：指把菊花浸在酒中。
3　珍丛：美丽的花丛。

破阵子

湖上西风斜日[1]，荷花落尽红英。金菊满丛珠颗[2]细，海燕辞巢翅羽轻。年年岁岁情。

美酒一杯新熟[3]，高歌数阕堪听。不向尊前同一醉，可奈光阴似水声。迢迢去未停。

1　斜日：夕阳。
2　珠颗：花蕊。
3　新熟：酒刚酿好。

破阵子

　　燕子来时新社[1]，梨花落后清明。池上碧苔三四点，叶底黄鹂一两声。日长飞絮轻。

　　巧笑东邻女伴，采桑径里逢迎[2]。疑怪[3]昨宵春梦好，元是今朝斗草赢。笑从双脸生。

1　新社：即春社。时间在立春后、清明前。

2　逢迎：碰头，相逢。

3　疑怪：诧异、奇怪。这里是"怪不得"的意思。

浣溪沙

原为唐教坊曲，后为词牌名，最早采用此调的为唐人韩偓。宋人所填《浣溪沙》多为双调，四十二字，上阕三句，三平韵；下阕三句，两平韵，过片两句多用对仗。另有其他变体。

浣溪沙

阆苑瑶台风露秋。整鬟凝思捧觥筹[1]。欲归临别强迟留。

月好谩成[2]孤枕梦，酒阑[3]空得两眉愁。此时情绪悔风流[4]。

1　觥筹：酒具和行酒令用的签筹。
2　谩成：徒成，枉成。
3　酒阑：酒筵即将结束。
4　风流：多情。

浣溪沙

三月和风满上林[1]。牡丹妖艳直千金。恼人天气又春阴。

为我转回红脸面，向谁分付紫檀心[2]。有情须殢酒[3]杯深。

1　上林：上林苑，汉代皇家宫苑。后泛指皇家园林。
2　紫檀心：芳心。
3　殢酒：沉湎于酒。

浣溪沙

青杏园林煮酒香。佳人初试薄罗裳。柳丝无力燕飞忙。

乍[1]雨乍晴花自落，闲愁闲闷日偏[2]长。为谁消瘦减容光。

1 乍：突然。
2 偏：很。

浣溪沙

一曲新词[1]酒一杯。去年天气旧亭台。夕阳西下几时回。

无可奈何花落去，似曾相识燕归来。小园香径[2]独徘徊。

1　新词：刚刚填好的词。
2　香径：带着幽香的园中小径。

浣溪沙

红蓼[1]花香夹岸稠。绿波春水向东流。小船轻舫好追游。

渔父酒醒重拨棹，鸳鸯飞去却[2]回头。一杯销尽两眉愁。

1　红蓼（liǎo）：一种生长在水边的植物。

2　却：还。

古屋深林
柯葉轕樂
飢高志抑
由巢杜陵
點筆成秋
奥且云石瓦

浣溪沙

淡淡梳妆薄薄衣。天仙模样好容仪。旧欢前事入颦眉[1]。

闲役[2]梦魂孤烛暗，恨无消息画帘垂。且留双泪说相思。

1　颦眉：皱眉。多指女子含愁的状态。

2　役：驱使。

浣溪沙

小阁重帘有燕过。晚花红片落庭莎。曲阑干影入凉波。

一霎好风生翠幕，几回疏雨滴圆荷。酒醒人散得愁[1]多。

1 愁：意为富贵者叹息时光易逝、盛筵不再、美景难留的淡淡闲愁。

浣溪沙

宿酒才醒厌玉卮[1]。水沉香冷懒熏衣。早梅先绽日边枝[2]。

寒雪寂寥初散后，春风悠扬欲来时。小屏闲放画帘[3]垂。

1　玉卮：玉杯，酒杯的美称。
2　日边枝：向阳的树枝。
3　画帘：有画饰的帘子。

浣溪沙

绿叶红花媚晓烟。黄蜂金蕊欲披[1]莲。水风深处懒回船。

可惜异香珠箔[2]外，不辞清唱玉尊前。使星[3]归觐九重天[4]。

1　披：使裂开。

2　珠箔：珠帘。

3　使星：指皇帝的使者。

4　九重天：指帝王或朝廷。

浣溪沙

　　湖上西风急暮蝉[1]。夜来清露湿红莲。少留[2]归骑[3]促[4]歌筵。

　　为别莫辞金盏酒，入朝须近玉炉烟。不知重会是何年？

1　急暮蝉：指傍晚的蝉声十分急促。
2　少留：即片刻停留，稍作停留。
3　归骑（jì）：指将归之人。
4　促：靠近。

浣溪沙

杨柳阴中驻彩旌[1]。芰荷香里劝金觥。小词流入管弦声。

只有醉吟宽别恨[2]，不须朝暮促归程。雨条烟叶系[3]人情。

1　彩旌：插于车上的彩色旗子。此代指车辆。

2　宽别恨：使充满别恨之心得以放宽。

3　系：连缀、牵动。

浣溪沙

一向¹年光有限身²。等闲离别易销魂³。酒筵歌席莫辞频⁴。

满目山河空念远，落花风雨更伤春。不如怜取眼前人。

1　一向：一晌，表示时间短暂。
2　有限身：有限的生命。
3　销魂：形容悲伤愁苦的情绪。
4　莫辞频：不要因为次数多而推辞。

浣溪沙

　　玉椀¹冰寒滴露华。粉融²香雪³透轻纱。晚来妆面胜荷花。

　　鬓亸⁴欲迎眉际月⁵，酒红初上脸边霞。一场春梦日西斜。

1　玉椀：古代富贵人家冬时用玉椀贮冰于地窖，夏时取以消暑。

2　粉融：脂粉与汗水融合。

3　香雪：借喻女子肌肤的芳洁。

4　鬓亸（bìn duǒ）：鬓发下垂的样子，形容仕女梳妆美丽。

5　眉际月：古时女子的面饰。

更漏子

以温庭筠《更漏子》（玉炉香）为正体，双调，四十六字，上阕六句，两仄韵、两平韵；下阕六句，三仄韵、两平韵。另有其他变体。

更漏子

薛华¹浓，山翠²浅。一寸秋波如剪³。红日永，绮
筵开。暗随仙驭来。

遏云⁴声，回雪袖。占断⁵晓莺春柳。才送目，又颦
眉。此情谁得知。

1　薛华：木槿花。比拟女子容貌，暗含红颜短暂之意。
2　山翠：喻女子翠眉。
3　如剪：目光锐利。
4　遏云：形容歌声美妙动听，云彩也为之停留。
5　占断：占尽，全部占有。

更漏子

塞鸿高，仙露[1]满。秋入银河清浅。逢好客，且开眉[2]。盛年能几时。

宝筝调，罗袖软。拍碎画堂檀板[3]。须尽醉，莫推辞。人生多别离。

1　仙露：露水。

2　开眉：形容喜笑颜开。

3　檀板：乐器名，常用檀木制作。

更漏子

　　雪藏[1]梅，烟着柳。依约上春[2]时候。初送雁，欲闻莺。绿池波浪生。

　　探花开[3]，留客醉。忆得去年情味。金盏酒，玉炉香。任他红日长。

1　藏：覆盖。
2　上春：指早春，农历正月。
3　探花开：唐代科举习惯，新科进士于曲江杏园举行宴会，称探花宴。这
　　里指初春举行的宴会。

更漏子

菊花残，梨叶堕。可惜良辰虚过。新酒熟，绮筵开。不辞红玉杯。

蜀弦[1]高，羌管脆。慢飐舞娥香袂。君莫笑，醉乡人。熙熙[2]长似春。

1 蜀弦：蜀地蚕丝制作的琴弦。指蜀琴。
2 熙熙：和乐的样子。

鹊踏枝

原为唐教坊曲，后为词牌名。双调，六十字，上下阕各五句，四仄韵。另有其他变体。

鹊踏枝

　　槛菊[1]愁烟兰泣露。罗幕[2]轻寒，燕子双飞去。明月不谙离恨苦。斜光到晓穿朱户[3]。

　　昨夜西风凋碧树。独上高楼，望尽天涯路。欲寄彩笺兼尺素[4]。山长水阔知何处？

1　槛菊：栅栏内种的菊花。
2　罗幕：丝罗的帷幕，富贵人家所用。
3　朱户：犹言朱门，指大户人家。
4　尺素：书信的代称。古人写信用素绢，通常长约一尺，故称尺素。

鹊踏枝

紫府[1]群仙名籍秘。五色斑龙[2]，暂降人间世。海变桑田都不记，蟠桃一熟三千岁。

露滴彩旌云绕袂。谁信壶中，别有笙歌地。门外落花随水逝。相看莫惜尊前醉。

1　紫府：神仙的居所。
2　五色斑龙：指神仙乘坐的龙坐骑。

点绛唇

此调创自五代冯延巳，双调，四十一字，上阕四句，三仄韵；下阕五句，四仄韵。另有其他变体。

点绛唇

露下风高，井梧[1]宫簟生秋意。画堂筵启。一曲呈珠缀[2]。

天外行云，欲去凝香袂。炉烟起。断肠声里，敛[3]尽双蛾翠[4]。

---

1 井梧：井边的梧桐树。

2 珠缀：连接成串的珍珠。形容歌声圆润清亮。

3 敛：皱。

4 双蛾翠：双眉。

凤衔杯

此调为晏殊首创，双调，五十六字，上阕四句，四仄韵；下阕五句，四仄韵。另有其他变体。

凤衔杯

青蘋昨夜秋风起。无限个、露莲相倚。独凭朱阑、愁望晴天际。空目断、遥山翠。

彩笺长，锦书细。谁信道[1]、两情难寄。可惜良辰好景、欢娱地。只恁[2]空憔悴。

1　谁信道：谁能料到。
2　恁：这样。

凤衔杯

留花不住怨花飞。向南园、情绪依依。可惜倒红斜白、一枝枝。经宿雨、又离披[1]。

凭朱槛，把金卮。对芳丛、惆怅多时。何况旧欢新恨、阻心期[2]。空满眼、是相思。

---

1 离披：分散下垂，纷纷下落。
2 心期：心中的期望，心愿。此处指晏殊对亡妻的思念。

凤衔杯

柳条花颣[1]恼青春。更那堪、飞絮纷纷。一曲细丝清脆、倚朱唇。斟绿酒、掩红巾。

追往事，惜芳辰。暂时间、留住行云[2]。端的[3]自家心下、眼中人。到处里、觉尖新[4]。

1　花颣（lèi）：花蕾。

2　行云：比喻心上的男子。

3　端的：正是。

4　尖新：新颖优秀。

清平乐

原为唐教坊曲，后为词牌名。双调，四十六字，上阕四句，四仄韵；下阕四句，三平韵。晏殊、晏几道、黄庭坚、辛弃疾等均用过，其中晏几道尤多。又为曲牌名，属南曲羽调。

清平乐

秋光向晚[1]。小阁初开宴。林叶殷红犹未遍。雨后青苔满院。

萧娘[2]劝我金卮。殷勤更唱新词。暮去朝来即老，人生不饮何为？

1　秋光向晚：指将近暮秋。
2　萧娘：泛指多情的美女。

清平乐

春来秋去。往事知何处？燕子归飞兰泣露[1]。光景千留[2]不住。

酒阑人散忡忡[3]。闲阶[4]独倚梧桐。记得去年今日，依前黄叶西风。

1 兰泣露：兰花在露中哭泣。
2 千留：千百遍地挽留。
3 忡忡（chōng）：忧愁的样子。
4 闲阶：犹言空阶。

清平乐

金风¹细细。叶叶梧桐坠²。绿酒初尝人易醉，一枕小窗浓睡。

紫薇朱槿花残。斜阳却照³阑干。双燕欲归时节，银屏昨夜微寒。

1　金风：即秋风、西风。
2　叶叶梧桐坠：梧桐树叶一片一片地坠落。
3　却照：正照。

清平乐

　　红笺[1]小字，说尽平生意[2]。鸿雁在云鱼在水，惆怅此情难寄。

　　斜阳独倚西楼，遥山恰对帘钩。人面不知何处，绿波依旧东流。

1　红笺（jiān）：印有红线格的信纸。多指情书。
2　平生意：平生相慕相爱之意。

清平乐

春花秋草，只是[1]催人老。总把千山眉黛扫，未抵别愁多少。

劝君绿酒金杯，莫嫌丝管声催。兔走乌飞[2]不住，人生几度三台。

1　只是：总是。

2　兔走乌飞：古代传说太阳中有神鸟三足乌，月亮中有玉兔，故称太阳为金乌，月亮为玉兔。形容光阴流逝快。

红窗听

以晏殊《红窗听》（淡薄梳妆轻结束）为正体，双调，五十三字，
上阕四句，三仄韵；下阕五句，三仄韵。

红窗听

　　淡薄梳妆轻结束[1]。天意与[2]、脸红眉绿。断环[3]书素传情久，许双飞同宿。

　　一饷无端分比目[4]。谁知道、风前月底，相看未足。此心终拟，觅鸾弦重续。

1　结束：装束，打扮。
2　天意与：指天生的。
3　断环：玉镯断成两半，男女各执一半，作为定情信物。
4　比目：指恩爱的夫妻或情侣。

红窗听

　　记得香闺临别语。彼此有、万重心诉。淡云轻霭知多少，隔桃源[1]无处。

　　梦觉相思天欲曙。依前是、银屏画烛，宵长岁暮。此时何计，托鸳鸯飞去。

1　桃源：指当初与佳人约会的地方。

采桑子

以和凝《采桑子》（蝤蛴领上诃梨子）为正体，双调小令，四十四字，上下阕各四句，三平韵。另有其他变体。

采桑子

春风不负东君[1]信，遍拆群芳。燕子双双，依旧衔泥入杏梁。

须知一盏花前酒，占得韶光[2]。莫话匆忙。梦里浮生[3]足断肠。

---

1 东君：司春之神。
2 韶光：美好的时光。
3 浮生：人生。

采桑子

红英[1]一树春来早，独占芳时。我有心期。把酒攀条惜绛蕤[2]。

无端一夜狂风雨，暗落繁枝。蝶怨莺悲。满眼春愁说向谁？

1　红英：红花。
2　绛蕤：绛红色的花。

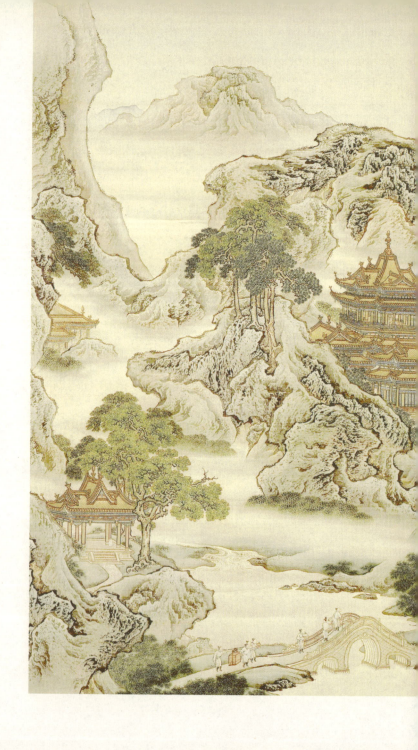

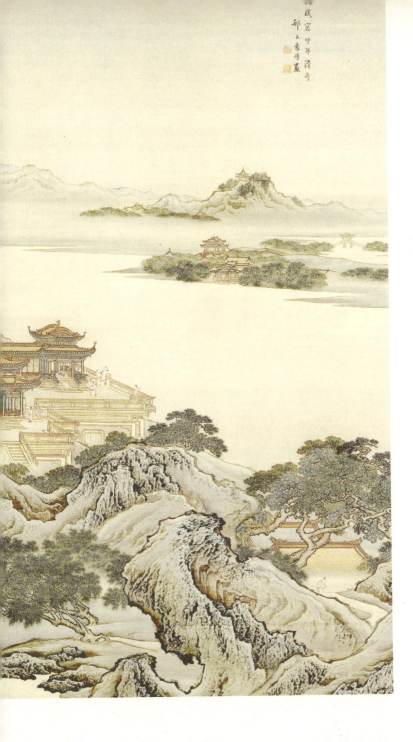

采桑子

　　樱桃谢了梨花发[1]，红白相催。燕子归来。几处风帘绣户[2]开。

　　人生乐事知多少，且酌金杯。管咽弦哀。慢引萧娘舞袖回。

1　发：绽放。
2　绣户：多指女子的居所。

采桑子

古罗衣上金针样，绣出芳妍。玉砌朱阑。紫艳红英照日鲜。

佳人画阁新妆了[1]，对立丛边。试摘婵娟[2]。贴向眉心学[3]翠钿。

1　了：结束。
2　婵娟：形容花木秀美。这里指石竹花。
3　学：像。

采桑子

　　林间摘遍双双叶，寄与相思。朱槿开时，尚有山榴一两枝。

　　荷花欲绽金莲子，半落红衣[1]。晚雨微微。待得空梁宿燕归。

1　红衣：莲花瓣。

采桑子

时光只解[1]催人老，不信[2]多情。长恨离亭。泪滴春衫酒易醒。

梧桐昨夜西风急，淡[3]月胧明[4]。好梦频惊。何处高楼雁一声？

1 只解：只知道。
2 不信：不理解。
3 淡：惨淡清冷。
4 胧明：模糊不清，此指月光不明。

采桑子

　　阳和二月芳菲遍，暖景[1]溶溶。戏蝶游蜂，深入千花粉艳中。

　　何人解系天边日，占取春风。免使繁红[2]，一片西飞一片东。

1　暖景：春天温暖的景色。
2　繁红：繁花。

喜迁莺

以韦庄《喜迁莺》（街鼓动）为正体，双调，四十七字。上阕五句，四平韵；下阕五句，两仄韵、两平韵。另有其他变体。

喜迁莺

风转[1]蕙，露催莲。莺语尚绵蛮[2]。尧蓂[3]随月欲团圆。真驭[4]降荷兰。

褰[5]油幕。调清乐。四海一家同乐。千官心在玉炉香。圣寿祝天长。

1 转：吹。

2 绵蛮：指鸟叫声。

3 尧蓂：指时间、时光。

4 真驭：仙驾，仙驭。借指皇帝圣驾。

5 褰：张开。

喜迁莺

歌敛黛[1]，舞萦风。迟日[2]象筵中。分行珠翠簇繁红。云髻袅珑璁[3]。

金炉暖。龙香远。共祝尧龄万万。曲终休解画罗衣。留伴彩云飞。

1　敛黛：皱着眉。
2　迟日：春日。
3　珑璁：玉质配饰。

喜迁莺

烛飘花，香掩烬，中夜酒初醒。画楼残点[1]两三声。窗外月胧明。

晓帘垂，惊鹊去。好梦不知何处？南园春色已归来。庭树[2]有寒梅。

1　残点：稀疏的打更声，指第五更。
2　庭树：比喻相思之情。

喜迁莺

　　曙河[1]低，斜月淡，帘外早凉天。玉楼清唱倚朱弦[2]，余韵入疏烟。

　　脸霞[3]轻，眉翠重。欲舞钗钿摇动。人人如意祝炉香，为寿百千长。

1　曙河：黎明时的银河。
2　倚朱弦：指和着乐声唱歌。
3　脸霞：女子脸上像云霞一样的胭脂。

喜迁莺

　　花不尽，柳无穷。应与我情同。觥船[1]一棹百分空[2]。何处不相逢？

　　朱弦悄。知音少。天若有情应老。劝君看取利名场，今古梦茫茫。

1　觥船：大容量的饮酒器。

2　百分空：百事空，指醉后凡事皆空。

此调为晏殊首创，双调，四十八字。上阕五句，三仄韵；下阕六句，两仄韵。

撼庭秋

别来音信千里。怅此情难寄。碧纱[1] 秋月，梧桐夜雨，几回无寐。

楼高目断，天遥云黯，只堪憔悴。念兰堂[2] 红烛，心长焰短[3]，向人垂泪。

1 碧纱：绿纱编织的帘帐。
2 兰堂：华美芳洁的厅堂。
3 心长焰短：烛芯虽长，烛焰却短。隐喻心有余而力不足。

少年游

以晏殊《少年游》（芙蓉花发去年枝）为正体，双调，五十字。上
阕五句，三平韵；下阕五句，两平韵。另有其他变体。

少年游

　　重阳过后，西风渐紧，庭树叶纷纷。朱阑向晓[1]，芙蓉妖艳，特地斗芳新。

　　霜前月下，斜红[2]淡蕊，明媚欲回春。莫将琼萼[3]等闲[4]分，留赠意中人。

1　向晓：临近天亮。
2　斜红：倾斜的红色花瓣。
3　琼萼：如美玉一般的花萼，为妇女首饰之一。
4　等闲：轻易，随便。

少年游

　　霜华满树，兰凋蕙惨，秋艳入芙蓉。胭脂嫩脸，金黄轻蕊，犹自怨西风。

　　前欢往事，当歌对酒，无限到心中。更凭朱槛忆芳容。肠断[1]一枝红。

1　肠断：形容很悲伤。

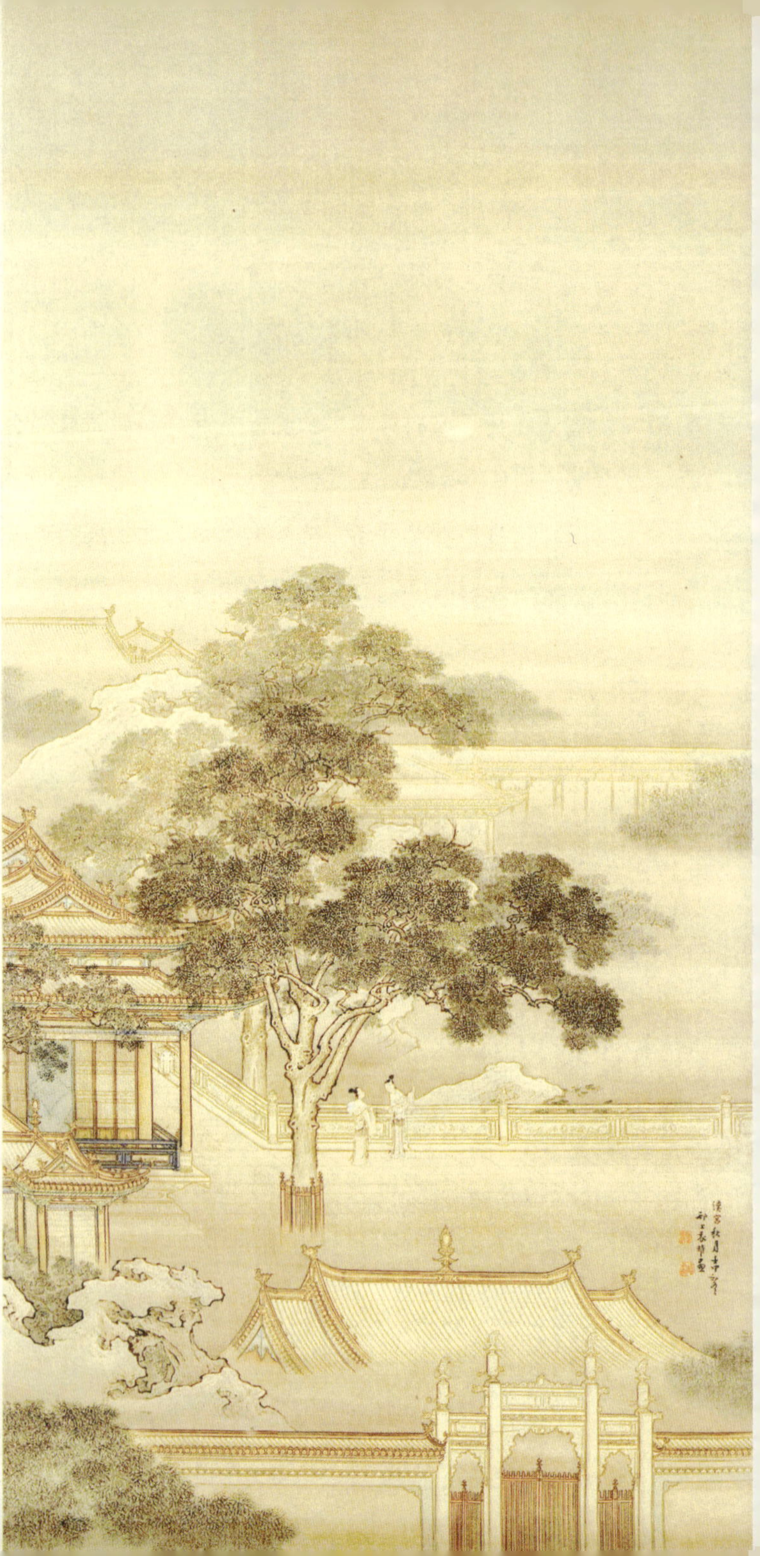

少年游

　　芙蓉花发去年枝，双燕欲归飞。兰堂风软，金炉香暖，新曲动帘帷。

　　家人拜上千春寿[1]，深意满琼卮[2]。绿鬓朱颜，道家装束，长似少年时。

1　千春寿：指寿辰。
2　琼卮：指酒杯。

少年游

　　谢家[1]庭槛晓无尘，芳宴祝良辰。风流妙舞，樱桃[2]清唱，依约驻行云。

　　榴花一盏浓香满，为寿百千春。岁岁年年，共欢同乐，嘉庆与时新。

1　谢家：晋太傅谢安家。喻指高门世家。
2　樱桃：指擅歌的家妓。

酒泉子

以温庭筠《酒泉子》（花映柳条）为正体，双调，四十字。上阕
四句，两平韵、两仄韵；下阕四句，三仄韵、一平韵。另有其他
变体。

酒泉子

春色初来，遍拆红芳千万树，流莺粉蝶斗翻飞。恋香枝。

劝君莫惜缕金衣[1]。把酒看花须强饮，明朝后日渐离披。惜芳时。

---

1 缕金衣：指金缕衣。

酒泉子

三月暖风，开却好花无限了，当年丛下落纷纷。最愁人。

长安多少利名身[1]。若有一杯香桂酒，莫辞花下醉芳茵[2]。且留春。

1　利名身：犹名利客，追逐名利的人。
2　芳茵：指草地。

木兰花

竹树小山元人多写此图惟倪元镇超挺

原为唐教坊曲，后为词牌名。双调，五十六字，上下阕各三仄
韵，不同部换叶。另有其他变体。

木兰花

　　东风昨夜回梁苑。日脚[1]依稀添一线[2]。旋开杨柳绿蛾眉，暗拆海棠红粉面。

　　无情一去云中雁。有意归来梁上燕。有情无意且休论，莫向酒杯容易散。

1　日脚：指太阳的光线。
2　添一线：古代以线测量日影，冬至日后每天添一线。

木兰花

帘旌浪卷金泥凤[1]。宿醉醒来长蕾忪[2]。海棠开后晓寒轻，柳絮飞时春睡重。

美酒一杯谁与共？往事旧欢时节动。不如怜取眼前人，免更劳魂兼役梦[3]。

1　金泥凤：帘子上以金粉涂画的凤凰图案。
2　蕾忪：刚睡醒的样子。
3　免更劳魂兼役梦：免使烦劳役使魂梦，指免得魂牵梦萦。

木兰花

朱帘半下香销印[1]。二月东风催柳信。琵琶旁畔且寻思，鹦鹉前头休借问。

惊鸿[2]去后生离恨。红日长时添酒困，未知心在阿谁边，满眼泪珠言不尽。

1　香销印：形容印记燃烧尽了。表示时间已晚。
2　惊鸿：指心上人。

木兰花

　　杏梁归燕双回首。黄蜀葵花开应候。画堂元是降生辰，玉盏更斟长命酒。

　　炉中百和[1]添香兽[2]。帘外青蛾[3]回舞袖。此时红粉感恩人，拜向月宫千岁寿。

1　百和：百和香，由多种香料和合而成的香。
2　香兽：兽形香炉。
3　青蛾：指美女。

木兰花

　　紫薇朱槿繁开后，枕簟微凉生玉漏。玳筵[1]初启日穿帘，檀板欲开香满袖。

　　红衫侍女频倾酒[2]，龟鹤仙人来献寿。欢声喜气逐时新，青鬓玉颜长似旧。

1　玳筵：指豪华的宴席。
2　倾酒：斟酒。

木兰花

春葱指甲轻拢捻[1]。五彩条垂双袖卷。雪香[2]浓透紫檀槽，胡语[3]急随红玉腕。

当头一曲情无限。入破铮琮[4]金凤战。百分芳酒祝长春，再拜敛容抬粉面。

1　拢捻：弹奏弦乐的指法。
2　雪香：女子肌肤的香气。
3　胡语：琵琶声。
4　铮琮（zhēng cóng）：形容金玉撞击般的琵琶声。

木兰花

　　红绦约束琼肌稳[1]。拍碎香檀催急袞[2]。垅头呜咽水声繁，叶下间关[3]莺语近。

　　美人才子传芳信。明月清风伤别恨。未知何处有知音，常为此情言不尽。

1　稳：均匀。
2　急袞：乐曲急促的节奏。
3　间关：形容鸟叫声。

木兰花

　　燕鸿过后莺归去。细算浮生千万绪。长于春梦[1]几多时，散似秋云无觅处。

　　闻琴[2]解佩神仙侣。挽断罗衣留不住。劝君莫作独醒人，烂醉花间应有数。

1　春梦：喻好景不长。
2　闻琴：暗指司马相如琴挑卓文君事。

木兰花

　　池塘水绿风微暖。记得玉真[1]初见面。重头[2]歌韵响铮琮，入破[3]舞腰红乱旋。

　　玉钩阑下香阶畔。醉后不知斜日晚。当时共我赏花人，点检如今无一半。

1　玉真：仙人，指美丽的女子。
2　重头：词的上下片节拍完全相同的称重头。
3　入破：唐代大曲最精彩的部分。

木兰花

玉楼朱阁横金锁[1]。寒食清明春欲破[2]。窗间斜月两眉愁，帘外落花双泪堕。

朝云聚散真无那[3]。百岁相看[4]能几个？别来将为不牵情，万转千回思想过。

1 横金锁：比喻门庭冷清无人往来。

2 春欲破：春天将尽。

3 无那：无可奈何。那，通“奈”。

4 相看：相守。

迎春乐

双调，五十三字。上阕四句，四仄韵；下阕四句，三仄韵。另有
其他变体。

迎春乐

　　长安紫陌[1]春归早。舞垂杨、染芳草。被啼莺、语燕催清晓。正好梦、频惊觉。

　　当此际、青楼临大道。幽会处、两情多少？莫惜明珠百琲[2]，占取长年少。

1　紫陌：京都郊外的大路。
2　百琲：形容珍珠之多。

诉衷情

晚唐温庭筠创作此调。原为单调，后演变为双调，四十四字，上
阕四句，三平韵；下阕六句，三平韵。另有其他变体。

诉衷情

青梅煮酒斗[1]时新[2]。天气欲残春。东城南陌花下，逢着意中人。

回绣袂，展香茵[3]，叙情亲。此时拼作，千尺游丝，惹住朝云[4]。

1　斗：趁。
2　时新：时令酒食。
3　香茵：坐褥、坐垫的美称。
4　朝云：相恋的女子。

诉衷情

数枝金菊对芙蓉，摇落意重重。不知多少幽怨，和露泣西风。

人散后，月明中，夜寒浓。谢娘¹愁卧，潘令²闲眠，心事无穷。

1　谢娘：此处指词人所思念的亳州歌妓。
2　潘令：晋潘岳曾为河阳令，故称潘令。此处作者自指。

诉衷情

东风杨柳欲青青，烟淡雨初晴。恼他香阁浓睡，撩乱[1]有啼莺。

眉叶细，舞腰轻，宿妆[2]成。一春芳意，三月和风，牵系人情。

1 撩乱：纷乱。
2 宿妆：隔夜未整的残妆。

诉衷情

露莲双脸远山眉，偏与[1]淡妆宜。小庭帘幕春晚，闲共柳丝垂。

人别后，月圆时，信迟迟。心心念念，说尽无凭，只是相思。

1 偏与：偏偏同。

诉衷情

秋风吹绽北池莲。曙云[1]楼阁鲜。画堂今日嘉会，齐拜玉炉烟。

斟美酒，祝芳筵。奉[2]觥船。宜春耐夏，多福庄严，富贵长年。

1 曙云：朝霞。

2 奉：捧着。

诉衷情

世间荣贵月中人¹。嘉庆在今辰。兰堂帘幕高卷，清唱遏行云。

持玉盏，敛红巾，祝千春²。榴花寿酒，金鸭炉香，岁岁长新。

1 月中人：月中的仙人，这里用来比喻过寿的人。
2 千春：长寿。

诉衷情

海棠珠缀[1]一重重。清晓[2]近帘栊[3]。胭脂谁与匀淡，偏向脸边浓。

看叶嫩，惜花红，意无穷。如花似叶，岁岁年年，共占春风。

1　珠缀：借指露珠。

2　清晓：指天刚亮时。

3　帘栊：窗户。

诉衷情

芙蓉金菊斗馨香。天气欲重阳。远村秋色如画，红树间[1]疏黄。

流水淡[2]，碧天长，路茫茫。凭高目断[3]，鸿雁来时，无限思量。

1　间：夹杂。
2　淡：指水缓流平。
3　目断：望尽，望到望不见。

诉衷情

　　幕天席地斗豪奢。歌妓捧红牙[1]。从他醉醒醒醉，斜插满头花。

　　车载酒，解貂赊[2]，尽繁华。儿孙贤俊，家道荣昌，祝寿无涯。

1　红牙：用于调节乐曲节拍的乐器。
2　赊：指赊欠。

诉衷情

喧天丝竹韵融融[1]。歌唱画堂中。玲女世间希有，烛影夜摇红。

一同笑，饮千钟[2]，兴何穷？功成名遂，富足年康，祝寿如松。

1　融融：形容乐声和谐。
2　千钟：千盅。

胡捣练

此调与《捣练子》异，或云似《桃源忆故人》，但上下阕起句有押韵不押韵之分。双调，四十八字，上下阕各四句，三仄韵。

胡捣练

小桃花与早梅花，尽是芳妍品格。未上东风先坼，分付[1]春消息。

佳人钗上玉尊前，朵朵秾香堪惜。谁把彩毫[2]描得？免恁轻抛掷。

1　分付：交给。引申为带来。
2　彩毫：彩笔。

以晏殊词《殢人娇》（二月春风）为正体，双调，六十八字，上下阕各六句，四仄韵。另有其他变体。

殢人娇

　　二月春风，正是杨花满路。那堪更、别离情绪。罗巾掩泪，任粉痕沾污。争奈向[1]、千留万留不住。

　　玉酒频倾，宿眉[2]愁聚。空肠断、宝筝弦柱。人间后会，又不知何处？魂梦里、也须时时飞去。

1　争奈向：怎奈。
2　宿眉：昨天画的眉。暗指一夜未眠。

冬心先生記

殢人娇

　　玉树微凉，渐觉银河影转。林叶静，疏红欲遍。朱帘细雨，尚迟留归燕。嘉庆日，多少世人良愿。

　　楚竹惊鸾，秦筝起雁。萦舞袖，急翻[1]罗荐。云回一曲，更轻拢[2]檀板。香炷远，同祝寿期无限。

1　急翻：指歌姬在地毯上快速翻舞。
2　拢：用手握住。

殢人娇

　　一叶秋高，向夕红兰露坠。风月好，乍凉天气。长生[1]此日，见人中嘉瑞[2]。斟寿酒，重唱妙声珠缀。

　　凤笙[3]移宫，钿衫回袂。帘影动，鹊炉香细。南真宝箓，赐玉京[4]千岁。良会永，莫惜流霞同醉。

1　长生：指生日。
2　嘉瑞：指人长寿。
3　凤笙：指笙箫之类的乐器。笙，同"管"。
4　玉京：借喻帝都。

踏莎行

以晏殊《踏莎行》（细草愁烟）为正体，双调，五十八字，上下
阕各五句，三仄韵。另有其他变体。

踏莎行

绿树归莺，雕梁别燕，春光一去如流电。当歌对酒
莫沉吟，人生有限情无限。

弱袂[1]萦春，修蛾[2]写怨。秦筝宝柱频移雁。尊中绿
醑[3]意中人，花朝月夜长相见。

1　弱袂：轻盈的衣袖。
2　修蛾：长长的眉毛。
3　绿醑：绿色美酒。

踏莎行

　　细草愁烟，幽花怯¹露，凭阑总是销魂处。日高深院静无人，时时海燕双飞去。

　　带缓罗衣，香残蕙²炷³，天长不禁迢迢路。垂杨只解⁴惹春风，何曾系得行人住！

1　怯：形容花在晨露中的感受。
2　蕙：香草。
3　炷：燃烧。
4　解：了解，知道。

踏莎行

祖席[1]离歌，长亭别宴，香尘[2]已隔犹回面。居人匹马映林嘶，行人去棹依波转。

画阁魂消，高楼目断，斜阳只送平波远。无穷无尽是离愁，天涯地角寻思遍。

1　祖席：古代出行时祭祀路神叫"祖"。后来称设宴饯别的地方叫"祖席"。
2　香尘：地上落花很多，尘土都带有香气。

踏莎行

碧海无波，瑶台有路¹。思量便合双飞去。当时轻别意中人，山长水远知何处？

绮席²凝尘，香闺掩雾。红笺小字凭谁附³。高楼目尽欲黄昏，梧桐叶上萧萧雨。

1　碧海、瑶台：传说中的神仙居处。
2　绮席：华丽的席具。
3　附：带去。

踏莎行

小径红稀[1]，芳郊绿遍。高台树色阴阴见[2]。春风不解[3]禁杨花，蒙蒙[4]乱扑行人面。

翠叶藏莺，朱帘隔燕。炉香静逐游丝转[5]。一场愁梦酒醒时，斜阳却照深深院。

1 红稀：花儿稀少、凋谢。指晚春时节。
2 阴阴见：暗暗显露。
3 不解：不懂得。
4 蒙蒙：形容细雨。这里形容杨花飞散的样子。
5 游丝转：烟雾旋转上升，像游动的青丝一般。

以晏殊《渔家傲》（画鼓声中昏又晓）为正体，双调，六十二字，上下阕各五句，五仄韵。另有其他变体。

渔家傲

画鼓[1]声中昏又晓。时光只解催人老。求得浅欢风日好。齐揭调[2]，神仙一曲渔家傲。

绿水悠悠天杳杳。浮生岂得长年少？莫惜醉来开口笑。须信[3]道，人间万事何时了？

1　画鼓：有彩绘的鼓。
2　揭调：高调。
3　信：知、料。

渔家傲

荷叶荷花相间斗。红娇绿嫩新妆就[1]。昨日小池疏雨后，铺锦绣，行人过去频回首。

倚遍朱阑凝望久。鸳鸯浴处波文[2]皱。谁唤谢娘斟美酒？萦舞袖，当筵劝我千长寿。

珠
玉
词
___
139

---

1 就：完成。
2 波文：即波纹。

渔家傲

荷叶初开犹半卷。荷花欲坼犹微绽。此叶此花真可美。秋水畔，青凉伞[1]映红妆面。

美酒一杯留客宴。拈花摘叶情无限。争奈世人多聚散。频祝愿，如花似叶长相见。

1 青凉伞：指荷叶。

渔家傲

杨柳风前香百步。盘心[1]碎点真珠露。疑是水仙开洞府。妆景趣，红幢绿盖朝天路。

小鸭飞来稠闹处[2]，三三两两能言语。饮散短亭人欲去。留不住，黄昏更下萧萧雨。

1　盘心：指荷叶。
2　稠闹处：荷花荷叶生长茂盛的地方。

渔家傲

粉笔丹青描未得。金针彩线功难敌。谁傍暗香轻采摘？风渐渐，船头解散双鹨鹅。

夜雨染成天水碧[1]。朝阳借出胭脂色。欲落又开人共惜。秋气逼，盘[2]中已见新莲菂[3]。

1 天水碧：浅青色。
2 盘：莲蓬。
3 莲菂：莲子。

渔家傲

叶下鹝鹕眠未稳。风翻露飐香成阵。仙女出游知远近。羞借问，饶[1]将绿扇遮红粉。

一掬蕊黄沾雨润。天人乞与[2]金英[3]嫩。试折乱条醒酒困。应有恨，芳心拗[4]尽丝无尽。

1 饶：尽管，任凭。
2 乞与：赐予。
3 金英：黄色的花蕊。
4 拗：弄弯，弄断。

渔家傲

　　卷画溪边停彩舫。仙娥绣被呈新样。飒飒风声来一饷。愁四望，残红片片随波浪。

　　琼脸丽人青步障[1]。风牵一袖低相向。应有锦鳞闲倚傍。秋水上，时时绿柄[2]轻摇扬。

1　青步障：青色布做的帘幕。
2　绿柄：荷叶柄。

渔家傲

宿蕊斗攒¹金粉闹。青房暗结蜂儿²小。敛面似啼开似笑。天与貌，人间不是铅华少。

叶软香清无限好。风头日脚干³催老。待得玉京仙子到。凭向道，红颜只合长年少。

---

1 斗攒：争相伸长。

2 蜂儿：借指莲子。

3 干：没来由。

渔家傲

脸傅[1]朝霞衣剪翠。重重占断秋江水。一曲采莲风细细。人未醉，鸳鸯不合惊飞起。

欲摘嫩条嫌绿刺。闲敲画扇偷金蕊。半夜月明珠露坠。多少意？红腮点点相思泪。

珠玉词

149

1 傅：涂抹。

渔家傲

越女采莲江北岸，轻桡短棹随风便。人貌与花相斗艳。流水慢，时时照影看妆面。

莲叶层层张绿伞。莲房个个垂金盏。一把藕丝[1]牵不断。红日晚，回头欲去心撩乱。

1　藕丝：双关语，谐音"偶思"。

渔家傲

　　粉面啼红腰束素[1]。当年拾翠曾相遇。密意深情谁与诉？空怨慕，西池夜夜风兼露。

　　池上夕阳笼碧树。池中短棹惊微雨。水泛[2]落英何处去？人不语，东流到了无停住。

1　束素：形容女子腰细。
2　泛：漂浮。

渔家傲

　　幽鹭慢[1]来窥品格。双鱼岂解传消息。绿柄嫩香频采摘。心似织，条条不断谁牵役[2]。

　　粉泪暗和清露滴。罗衣染尽秋江色。对面不言情脉脉。烟水隔，无人说似长相忆。

1　慢：枉。
2　牵役：引出相思之情。

渔家傲

楚国细腰元自瘦。文君腻[1]脸谁描就？日夜声声催箭漏，昏复昼。红颜岂得长如旧？

醉折嫩房[2]和蕊嗅。天丝不断清香透。却傍小阑凝坐久。风满袖，西池月上人归后。

1　腻：光洁柔嫩。
2　嫩房：指柔嫩的莲房。

渔家傲

　　嫩绿堪裁红欲绽。蜻蜓点水鱼游畔。一霎雨声香四散。风飐乱，高低掩映[1]千千万。

　　总是凋零终有恨。能无眼下生留恋。何似折来妆粉面？勤看玩，胜如落尽秋江岸。

1　掩映：遮掩衬托。

雨中花

此调为晏殊首创。双调，五十一字，上下阕各四句，三仄韵。

雨中花

剪翠妆红欲就[1]。折得清香满袖。一对鸳鸯眠未足，叶下长相守。

莫傍细条寻嫩藕，怕绿刺、罥衣[2]伤手。可惜许、月明风露好，恰在人归后。

---

1 欲就：已经长成。
2 罥衣：粘、挂在衣服上。

瑞鹧鸪

双调，六十四字，上阕四句，三平韵；下阕六句，两平韵。另有其他变体。

瑞鹧鸪

越娥红泪泣朝云。越梅从此学妖鬈[1]。腊月初头、庚岭繁开后，特染妍华[2]赠世人。

前溪昨夜深深雪，朱颜不掩天真。何时驿使西归？寄与相思客，一枝新。报道江南别样春。

1　妖鬈：指西施皱眉。
2　妍华：美丽的花。指梅花。

瑞鹧鸪

　　江南残腊[1]欲归时，有梅红亚[2]雪中枝。一夜前村、间破瑶英[3]坼，端的千花冷未知。

　　丹青改样匀朱粉，雕梁欲画犹疑。何妨与向冬深，密种秦人路，夹仙溪。不待夭桃客自迷。

1　残腊：腊月的末尾。
2　亚：同"压"，低垂的样子。
3　瑶英：借喻雪。

望仙门

寒食後一日畫
於西田莊舍
王時敏

以晏殊《望仙门》（玉池波浪碧如鳞）为正体，双调，四十六字。上阕四句，四平韵；下阕五句，三平韵、一叠韵。另有其他变体。

望仙门

　　紫微枝上露华浓。起秋风。管弦声细出帘栊，象筵[1]中。

　　仙酒斟云液[2]，仙歌转绕梁虹。此时佳会庆相逢，庆相逢。欢醉且从容[3]。

1　象筵：豪华的筵席。
2　云液：泛指名酒。
3　从容：逗留，休息。

澗道餘寒歷氷雪
石門斜日到林丘
乙巳臘月寫
少陵詩意十
二幀似
旭咸賢甥時年
七十有四 時敏

望仙门

　　玉壶清漏起微凉。好秋光。金杯重叠满琼浆，会仙乡。

　　新曲调丝管，新声更飐霓裳。博山炉¹暖泛浓香，泛浓香。为寿百千长。

1　博山炉：重重叠叠的山形香炉。

望仙门

　　玉池波浪碧如鳞。露莲新。清歌一曲翠眉颦，舞华茵。

　　满酌兰英酒[1]，须知献寿千春。太平无事荷[2]君恩，荷君恩。齐唱望仙门。

1　兰英酒：像兰花一样的芳香美酒。

2　荷：承受。

树树皆秋色，山山唯落晖

长生乐

以晏殊《长生乐》（玉露金风月正圆）为正体，双调，七十四字。上阕八句，五平韵；下阕六句，四平韵。另有其他变体。

暖生煙風
柳風蒲
綠漲天我
是釣師人
識否白鷗
前導在
春船
曲江外史
畫詩書

长生乐

　　玉露金风月正圆，台榭早凉天。画堂嘉会，组绣[1]列芳筵。洞府[2]星辰龟鹤，福寿来添。欢声喜色，同入金炉浓烟。

　　清歌妙舞，急管繁弦[3]。榴花满酌觥船。人尽祝、富贵又长年。莫教红日西晚，留着醉神仙。

1　组绣：指穿着刺绣衣服的侍女、歌女。
2　洞府：道教指神仙所居之处。
3　急管繁弦：形容乐声丰富急促。

长生乐

阆苑神仙平地见，碧海架蓬瀛。洞门相向，倚金铺微明。处处天花撩乱，飘散歌声。装真[1]筵寿，赐与流霞满瑶觥。

红鸾翠节，紫凤银笙。玉女双来近彩云，随步[2]朝夕拜三清。为传王母金箓，祝千岁长生。

1 真：仙真，南真，指南极老寿星。
2 随步：信步。

蝶恋花

原为唐教坊曲，后为词牌名。以冯延巳《蝶恋花》（六曲阑干偎
碧树）（一作晏殊词）为正体，双调，六十字，上下阕各五句，
四仄韵。另有其他变体。

蝶恋花

　　一霎秋风惊画扇。艳粉娇红，尚拆荷花面。草际露垂虫响遍。珠帘不下留归燕。

　　扫掠[1]亭台开小院。四坐清欢，莫放金杯浅。龟鹤命长松寿远。阳春一曲情千万。

1　扫掠：打扫。

蝶恋花

　　紫菊初生朱槿坠。月好风清，渐有中秋意。更漏乍长天似水。银屏展尽遥山翠。

　　绣幕卷波[1]香引穗。急管繁弦，共庆人间瑞。满酌玉杯萦舞袂。南春[2]祝寿千千岁。

1　卷波：即卷白波，古代酒令名。
2　南春：寿比南山。

蝶恋花

帘幕风轻双语燕。午醉醒来，柳絮飞撩乱。心事一春犹未见[1]。余花落尽青苔院。

百尺朱楼闲倚遍。薄雨浓云，抵死遮人面。消息未知归早晚。斜阳只送平波远。

1 未见：未知。

蝶恋花

　　玉椀冰寒消暑气。碧簟纱厨[1]，向午朦胧睡。莺舌惺松[2]如会意，无端画扇惊飞起。

　　雨后初凉生水际。人面荷花，的的[3]遥相似。眼看红芳犹抱蕊，丛中已结新莲子。

1　纱厨：纱制的帐子。
2　惺松：形容声音轻快。
3　的的：鲜明亮丽貌。

蝶恋花

　　梨叶疏红蝉韵歇。银汉[1]风高，玉管声凄切。枕簟乍凉铜漏咽。谁教社燕轻离别？

　　草际蛩[2]吟珠露结。宿酒醒来，不记归时节。多少衷肠犹未说。朱帘一夜朦胧月。

1　银汉：银河，此指天空。
2　蛩：鸣虫。

蝶恋花

南雁依稀回侧阵。雪霁[1]墙阴，偏觉兰芽嫩。中夜[2]梦余消酒困，炉香卷穗灯生晕。

急景[3]流年都一瞬。往事前欢，未免萦方寸。腊后花期知渐近，寒梅已作东风信。

---

1 雪霁：雪后放晴。
2 中夜：半夜。
3 急景：急促过去的时光。

拂霓裳

以晏殊《拂霓裳》（乐秋天）为正体，双调，八十二字。上阕八句，六平韵；下阕九句，五平韵。另有其他变体。

拂霓裳

　　庆生辰，庆生辰是百千春。开雅宴，画堂高会有诸亲。钿函封大国，玉色[1]受丝纶。感皇恩，望九重、天上拜尧云[2]。

　　今朝祝寿、祝寿数，比松椿。斟美酒，至心[3]如对月中人。一声檀板动，一炷蕙香焚。祷仙真，愿年年今日、喜长新。

1　玉色：严肃的脸色。

2　尧云：指皇帝的恩泽。

3　至心：至诚的心。

拂霓裳

　　喜秋成。见千门万户乐升平。金风细，玉池波浪縠文[1]生。宿露沾罗幕，微凉入画屏。张[2]绮宴，傍熏炉蕙炷、和新声。

　　神仙雅会、会此日，象蓬瀛。管弦清，旋翻红袖学飞琼。光阴无暂住，欢醉有闲情。祝辰星，愿百千为寿、献瑶觥。

1　縠文：水面的波纹。

2　张：召开，举行。

拂霓裳

　　乐秋天，晚荷花缀露珠圆。风日好，数行新雁贴寒烟。银簧调脆管，琼柱拨清弦。捧觥船。一声声、齐唱太平年。

　　人生百岁，离别易，会逢难。无事日，剩呼[1]宾友启芳筵。星霜[2]催绿鬓，风露损朱颜。惜清欢，又何妨、沈醉玉尊前？

1　剩呼：尽情地招呼。
2　星霜：星星点点的秋霜。

菩萨蛮

原为唐教坊曲，后为词牌名，也作曲牌。双调小令，以五七言组成，四十四字。用韵两句一换，凡四易韵，平仄递转，以繁音促节表现深沉而起伏的情感。

菩萨蛮

芳莲九蕊开新艳。轻红淡白匀双脸。一朵近华堂，学人宫样妆[1]。

看时斟美酒，共祝千年寿。销得[2]曲中夸，世间无此花。

1 宫样妆：宫里化妆的样子。
2 销得：值得。

菩萨蛮

秋花最是黄葵[1]好，天然嫩态迎秋早。染得道家衣[2]，淡妆梳洗时。

晓来清露滴，一一金杯侧。插向绿云鬓，便随王母仙。

1　黄葵：黄蜀葵，秋葵。
2　道家衣：借喻黄葵之花。

菩萨蛮

　　人人尽道黄葵淡，侬家[1]解[2]说黄葵艳。可喜万般宜，不劳朱粉施。

　　摘承金盏酒，劝我千长寿。擎作女真冠，试伊娇面看。

1　侬家：我。
2　解：会。

菩萨蛮

高梧叶下秋光晚，珍丛化出黄金盏[1]。还似去年时，傍阑三两枝。

人情须耐久，花面长依旧。莫学蜜蜂儿，等闲[2]悠扬飞。

1 黄金盏：喻指黄葵花。
2 等闲：轻易，随便。

秋蕊香

以晏殊《秋蕊香》（梅蕊雪残香瘦）为正体，双调，四十八字。
上下阕各四句，四仄韵。另有其他变体。

秋蕊香

　　梅蕊雪残香瘦[1]。罗幕轻寒微透。多情只似春杨柳，占断可怜时候。

　　萧娘劝我杯中酒，翻红袖。金乌玉兔[2]长飞走，争得朱颜依旧。

1　香瘦：香味淡了。
2　金乌玉兔：本是太阳和月亮，此指代时光、岁月。

秋蕊香

　　向晓雪花呈瑞，飞遍玉城瑶砌。何人剪碎天边桂，散作瑶田琼蕊？

　　萧娘敛尽双蛾翠，回香袂。今朝有酒今朝醉。遮莫[1]更长[2]无睡。

1　遮莫：尽教。
2　更长：夜长。

相思儿令

以晏殊《相思儿令》（昨日探春消息）为正体，双调，四十七字。
上阕四句，两平韵；下阕四句，三平韵。

相思儿令

　　春色渐芳菲也，迟日¹满烟波。正好艳阳时节，争奈落花何？

　　醉来拟恣²狂歌，断肠中、赢得³愁多。不如归傍纱窗，有人重画双蛾。

1　迟日：春日。
2　拟恣：想放纵。
3　赢得：落得。

相思儿令

昨日探春消息[1]，湖上绿波平。无奈绕堤芳草，还向旧痕生。

有酒且醉瑶觥，更何妨、檀板新声。谁教杨柳千丝，就中[2]牵系人情。

1 探春消息：初春时的郊游。
2 就中：居中，其中。

山亭柳

以晏殊《山亭柳》（家住西秦）为正体，双调，七十九字。上阕
七句，五平韵；下阕七句，四平韵。另有其他变体。

山亭柳

　　家住西秦，赌博艺随身。花柳上、斗尖新。偶学念奴声调，有时高遏行云[1]。蜀锦缠头[2]无数，不负辛勤。

　　数年来往咸京道，残杯冷炙谩销魂[3]。衷肠事、托何人？若有知音见采[4]，不辞遍唱阳春。一曲当筵落泪，重掩罗巾。

1　高遏行云：形容歌声嘹亮，响入云霄。
2　缠头：演出完毕客人赠予歌女的锦帛。
3　销魂：伤心，神伤。
4　采：选择，接纳。

滴滴金

梅夢裁初乾晕

以李遵勖《滴滴金》（帝城五夜宴游歇）为正体，双调，五十字。上下阕各四句，三仄韵。另有其他变体。

滴滴金

梅花漏泄春消息。柳丝长，草芽碧。不觉星霜[1]鬓边白。念时光堪惜。

兰堂把酒留嘉客，对离筵、驻行色。千里音尘便疏隔。合有[2]人相忆。

1　星霜：斑斑点点。
2　合有：应该有。

睿恩新

以晏殊《睿恩新》（芙蓉一朵霜秋色）为正体，双调，五十五字。上下阕各四句，三仄韵。

谿東外
史 汪志慎

睿恩新

芙蓉一朵霜秋色。迎晓露、依依先坼。似佳人、独立倾城，傍朱槛、暗传消息。

静对西风脉脉。金蕊绽、粉红如滴。向兰堂、莫厌重深[1]，免清夜、微寒渐逼。

1　重深：幽深。

睿恩新

　　红丝一曲傍阶砌，珠露下、独呈纤丽。剪鲛绡、碎作香英，分彩线、簇成娇蕊。

　　向晚群花欲悴[1]。放朵朵、似延秋意。待佳人、插向钗头，更袅袅[2]、低临凤髻。

1　悴：凋谢。
2　袅袅：形容随风摆动。

玉堂春

此调为晏殊所创，双调，六十一字。上阕七句，两仄韵、两平韵；下阕五句，两平韵。

玉堂春

　　帝城春暖。御柳暗遮空苑。海燕双双，拂飐帘栊¹。女伴相携、共绕林间路，折得樱桃插鬓红。

　　昨夜临明微雨，新英²遍旧丛。宝马香车、欲傍西池看，触处³杨花满袖风。

1　帘栊：门窗的帘子。
2　新英：新开的花。
3　触处：所到之处。

玉堂春

后园春早。残雪尚蒙[1]烟草。数树寒梅，欲绽香英。小妹[2]无端、折尽钗头朵，满把金尊细细倾。

忆得往年同伴，沉吟无限情。恼乱东风、莫便吹零落，惜取芳菲眼下明[3]。

1　蒙：形容细雨。
2　小妹：指小姑娘。
3　明：灿烂。

玉堂春

斗城池馆。二月风和烟暖。绣户珠帘，日影初长。玉辔金鞍、缭绕[1]沙堤路[2]，几处行人映绿杨。

小槛朱阑回倚，千花浓露香。脆管清弦、欲奏新翻曲，依约林间坐夕阳。

1 缭绕：回环，曲折。
2 沙堤路：通往宰相府的路。

燕归梁

此调为晏殊首创，双调，五十一字。上阕二十五字四句，四平韵；下阕二十六字五句，三平韵。

燕归梁

双燕归飞绕画堂，似留恋虹梁[1]。清风明月好时光，更何况、绮筵张。

云衫[2]侍女，频倾寿酒，加意[3]动笙簧。人人心在玉炉香。庆佳会、祝延长。

1 虹梁：如彩虹般艳丽的雕梁。
2 云衫：飘如白云的衣衫。
3 加意：着意，特意。

燕归梁

金鸭香炉起瑞烟[1]。呈妙舞开筵。阳春一曲动朱弦。斟美酒、泛觥船。

中秋五日，风清露爽，犹是早凉天。蟠桃花发一千年。祝长寿、比神仙。

---

1 瑞烟：多指焚香所产生的烟气。

临江仙

原为唐教坊曲，后为词牌名。双调，五十八字，上下阕各五句，三平韵。此调音节和谐舒缓，轻松愉悦，多为艳情之声。另有其他变体。

临江仙

　　资善堂[1]中三十载，旧人多是凋零[2]。与君相见最伤情。一尊如旧，聊且话平生。

　　此别要知须强饮，雪残风细长亭。待君归觐九重[3]城。帝宸[4]思旧，朝夕奉皇明。

1　资善堂：宋代皇太子就学之所。
2　凋零：引申为过世。
3　九重：官禁。
4　帝宸：帝王住的地方、宫殿。

望汉月

原为唐教坊曲，后为词牌名。双调，五十二字。上阕四句，三仄韵；下阕四句，两仄韵。另有其他变体。

望汉月

千缕万条堪结[1]。占断好风良月。谢娘春晚先多愁，更撩乱、絮飞如雪。

短亭相送处，长忆得、醉中攀折。年年岁岁好时节。怎奈尚、有人离别。

1　堪结：可以绾成同心结。

仿董宗伯水
邨图
奚冈

连
理
枝

以李白《连理枝》（雪盖宫楼闭）为正体，双调，七十字。上下
阕各七句，四仄韵。另有其他变体。

连理枝

玉宇[1]秋风至。帘幕生凉气。朱槿犹开，红莲尚坼，芙蓉含蕊。送旧巢归燕、拂高檐，见梧桐叶坠。

嘉宴凌晨启。金鸭飘香细。凤竹鸾丝，清歌妙舞，尽呈游艺。愿百千遐寿[2]、此神仙，有年年岁岁。

1 玉宇：指天空。
2 遐寿：长寿。

连理枝

绿树莺声老。金井生秋早。不寒不暖，裁衣按曲，天时正好。况兰堂逢着、寿筵开，见炉香缥缈。

组绣呈纤巧。歌舞夸妍妙。玉酒频倾，朱弦翠管，移宫易调[1]。献金杯重叠、祝长生，永逍遥奉道。

1 移宫易调：指演奏时变换曲调。

玉楼春

以顾夐《玉楼春》（拂水双飞来去燕）为正体，双调，五十六字。上下阕各四句，三仄韵。另有其他变体。

玉楼春

　　绿杨芳草长亭路。年少抛人容易去。楼头残梦¹五更钟，花底离情三月雨。

　　无情不似多情苦。一寸²还³成千万缕⁴。天涯地角有穷时，只有相思无尽处。

珠
玉
词

230

1　残梦：未做完的梦。
2　一寸：指愁肠。
3　还：已经。
4　千万缕：千丝万缕，比喻离恨无穷。

图书在版编目（CIP）数据

珠玉词 /（北宋）晏殊著 . -- 成都 : 四川文艺出版
社 , 2021.7
ISBN 978-7-5411-6017-2

Ⅰ . ①珠… Ⅱ . ①晏… Ⅲ . ①宋词—选集 Ⅳ .
① I222.844

中国版本图书馆 CIP 数据核字 (2021) 第 087201 号

ZHU YU CI

珠玉词

〔宋〕晏殊 著

出 品 人　张庆宁
策划出品　磨铁图书
责任编辑　王梓画
特约编辑　胡瑞婷
装帧设计　所以设计馆
责任校对　汪　平

出版发行　四川文艺出版社（成都市槐树街 2 号）
网　　址　www.scwys.com
电　　话　028-86259285（发行部）　028-86259303（编辑部）
传　　真　028-86259306

邮购地址　成都市槐树街 2 号四川文艺出版社邮购部　610031
印　　刷　三河市嘉科万达彩色印刷有限公司
成品尺寸　140mm×210mm　　开　本　32 开
印　　张　7.5　　　　　　　　字　数　80 千
版　　次　2021 年 7 月第一版　印　次　2021 年 7 月第一次印刷
书　　号　ISBN 978-7-5411-6017-2
定　　价　49.00 元